Max Kruse

URMEL in der See

nach
„Urmel taucht ins Meer“
neu erzählt für jüngste Leser

Illustration
Erich Hölle

W0467389

Wer kennt ihn nicht – Professor Habakuk Tibatong! Er lebte auf der blühenden Insel Titiwu. Da strahlte die Sonne heiß vom Himmel. Und ringsherum leuchtete das blaue Meer. Draußen in der schäumenden See saß ein See-Elefant auf einem Felsen. Der See-Elefant hieß Seele-Fant. Er sang für sein Leben gern. Leider konnte er das E und das I nicht richtig aussprechen. Er sagte dafür „Ö“.

Das Lied: „Ich weiß nicht, was soll es bedeuten ...“ klang bei ihm so:
„Öch weuß nöcht, was soll ös bödeutön ...“
Aber auch die anderen Tiere auf der Insel konnten reden.
Da gab es Schusch, den großen Vogel – weißt du, ein Schuhschnabel –, der Schwierigkeiten mit dem „I“ hatte.

Da war Wutz,
das Schwein.
Es führte
dem Professor
den Haushalt
und sagte oft
„öfföff“.

Da war Wawa,
der Waran,
der das „Z“
nicht richtig
aussprechen
konnte.

Da war
Ping Pinguin,
der statt „sch“
immer „pf“
sagte.

2 9789-8

Und natürlich konnte auch das freche, von allen geliebte Urmel sprechen. Professor Tibatong hatte es ihm und den anderen Tieren beigebracht.
Sogar die große Krabbe in der Höhle konnte reden. Nämlich in der Taubstummensprache, also mit ihren Zangen. Mit diesen führte sie Bewegungen in der Luft aus, die der Professor ver-

stand. So sprachen sie miteinander. Und die Krabbe erzählte dem Professor auf diese Weise die Geschichte ihrer Kindheit. Da hatte sie noch in schönen, untergegangenen Schiffen tief, tief im Meer gelebt. Aber schreckliche und gefährliche, sehr seltene Lebewesen hatten sie daraus vertrieben. Aus Furcht vor diesen Tieren hatte sie sich in die unterirdische Höhle auf der Insel Titiwu zurückgezogen.
Ja, und nun sang Seele-Fant also: „Öch weuß nöcht, was soll ös bödeutön!" Und das wußte er wirklich nicht. Er hatte dem Professor nämlich eine lange und sonderbare Geschichte zu erzählen.

Der Professor dachte heftig darüber nach. Und dann ging er in die Höhle und redete mit der Krabbe in der Zeichensprache. Und dann dachte er nochmals lange nach. Und dann rief er alle Tiere, alle Bewohner Titiwus, im Blockhaus zusammen.
Nur Seele-Fant nicht.

Also kamen alle. Wutz und Schusch, Wawa, Ping Pinguin und das Urmel. Und es kam natürlich auch Tim Tintenklecks, der Waisenknabe. Er war ein Bub, sehr tüchtig und hilfsbereit, und er lebte zusammen mit Professor Tibatong und seiner Tierfamilie auf der Insel.

Das Urmel lümmelte sich in die Ecke und rief dem Professor zu: „Nun sprich schon! Ich bin so gespannt. Gleich platze ich!“ Da sagte der Professor: „Meine Freunde! Seele-Fant hat etwas Sonderbares bemerkt. Nacht für Nacht kommen seltsame Geschöpfe durch das Meer zu unserer Insel. Erst war es nur eines. Dann wurden es immer mehr. Sie reden miteinander. Sie zischen und glucksen dabei.

Seele-Fant meint, sie suchen jemanden. Diese Geschöpfe sind ihm unheimlich. Und es geschieht nicht leicht, daß er sich fürchtet. Nun – ich erinnerte mich an die Lebensgeschichte der Krabbe. Ich sprach mit ihr. Sie glaubt, es wären jene gefährlichen Seeungeheuer, die sie vor langer Zeit aus ihrem Elternhaus vertrieben hatten und jetzt wieder verfolgen."

„Pfrecklich!" sagte Ping Pinguin, der – wie wir wissen – statt „sch" immer „pf" sagte. „Pfrecklich! Meinst du mit ‚Elternhaus' eines der vielen untergegangenen Pfiffe im Meer – bei den Korallenriffen?"

„Ja, ich meine die untergegangenen Schiffe!“ Der Professor nickte. „Und ich habe auch schon einen Entschluß gefaßt. Ihr wißt ja, daß ich diese Tauchtablette erfunden habe. Sie ermöglicht es jedem, so lange unter Wasser zu leben und zu atmen, wie ihre Wirkung anhält. Das ist ziemlich lange, aber nicht ewig ...“
„Und was passiert, wenn sie nicht mehr wirkt?“ fragte das Urmel.
„Dann ertrinkt man, wenn man keine zweite bei sich hat oder wenn man nicht rechtzeitig wieder an die frische Luft kommt.“
„Ich nicht, ätsch“, sagte das Urmel frech. „Ich bin beides. Ich

bin ein Landtier und ein Meeresbewohner!"
„Das Urmel ist auch noch stolz darauf, ein halber Fipf zu sein", flüsterte Ping Pinguin Wawa zu.
Und Wawa zischte zurück: „Es heißt Fisch! Wann lernst du es endlich?"
Das Urmel fuhr fort: „Ja, aber Wutz muß dann ertrinken, o ja!"

3 9789-8

Wutz schluchzte: „Das scheint dich noch zu freuen, öfföff! Das ist nun der Dank dafür, daß ich dich aufgezogen habe. Und all deine Wäsche wasche ich dir!"
„Nun weine nicht, Wutz", rief der Professor ungeduldig. „Ich habe Wichtigeres vor. Ich habe beschlossen, die Seeungeheuer in ihrer Stadt der untergegangenen Schiffe zu besuchen. Sie liegt zwischen den größten Korallenriffen des Ozeans. Ich will mit diesen Wesen reden und sie bitten, die Krabbe nicht weiter zu verfolgen!"
„Ich komme mit!" rief das Urmel.
„Professor, du willst uns verlassen?" fragte Wutz. Sie sah ent-

setzt aus. „Und wenn dir was passiert? Bleiben wir hier allein? Nein! Das würde ich nicht überleben!“ Es sah aus, als ob sie weinte. Sie schneuzte sich. Dann sagte sie noch: „Da schlucke ich schon lieber selbst eine Tauchtablette und begleite dich, öfföff!“
„Na, wenn diese Seeungeheuer aber Pfeinefleipf essen?“ sagte Ping Pinguin leise zu Wawa. Glücklicherweise hörte es niemand, denn es fing sofort ein allgemeines Geschnatter, Gegrunze und Gerede an.

Schließlich wurde es klar, daß niemand den Professor alleine gehen lassen wollte. Nur Seele-Fant sollte zu Hause bleiben. Der Vogel Schusch wollte mitkommen, freilich nur, solange sie sich nicht unter Wasser begaben. So konnte er rasch zu Seele-Fant heimfliegen, falls sie in Gefahr gerieten. Dann sollte Seele-Fant, das mächtige, kraftvolle Tier, ihnen zu Hilfe eilen. Tim Tintenklecks war sehr

geschickt. Er baute nun ein schönes Floß aus Baumstämmen.

Bald war es fertig, und sie segelten auf diesem Floß über den Ozean. Der Professor stand mit dem Fernglas vorne. Er wies

ihnen den Weg. Tim Tintenklecks steuerte. Wawa lag in der Sonne und schlummerte. Schusch stand auf einem Bein und klapperte müde mit den Augen. Wutz wurde in ihrer Schlummertonne hinterhergezogen. Und das Urmel und Ping Pinguin sprangen oft ins Wasser und vergnügten sich in den Wellen.

Nach einigen Tagen sagte der Professor: „Ich glaube, wir sind da!"

„Ich sehe aber keine Schiffe. Und keine Korallenriffe. Und keine Seeungeheuer!" rief das Urmel.

„Natürlich nicht. Die sind alle tief, tief in der See – also in der

Tiefsee", erklärte der Professor.
Und da beschlossen sie, den kleinen und geschickten Ping Pinguin vorauszusenden. Er sollte den besten Weg auskundschaften. Er sollte ihnen erklären, wie sie in die Stadt zu den Seeungeheuern kamen und wie gefährlich es dort war.
Das tat Ping Pinguin gern. Er schluckte eine Tauchtablette und verschwand in den Wellen. Viele Stunden blieb er aus. Erst als die Sonne sank, kehrte er zurück.

Und dann erzählte er sehr lange. Er hatte den Weg zu den Seeungeheuern gefunden. Er hatte sie gesehen! Er war in ihrer Stadt gewesen. Und er war in Gefahr geraten. Aber er lebte ja noch und war wieder da. Er

redete immer noch von den „pfönen Pfiffen“ – den schönen Schiffen –, als der Mond schon aufging und über dem dunklen Meer hing und rings umher die vielen, vielen Sterne flimmerten.
Als Ping Pinguin endlich fertig war, sagte der Professor: „Wunderbar! Morgen tauche ich selber hinab.“
Da wollte jeder mit. Aber nun mußten sie erst einmal schlafen! Nur das Urmel schlief nicht. Es war so neugierig auf die Seeungeheuer. Ping Pinguin hatte sie so beschrieben, als ob sie ganz ähnlich wie es selbst – wie ein Urmel! – aussähen. Waren es etwa seine Verwandten? Ganz leise, um niemanden zu wecken,

4 9789-8

schrieb es auf einen Zettel:

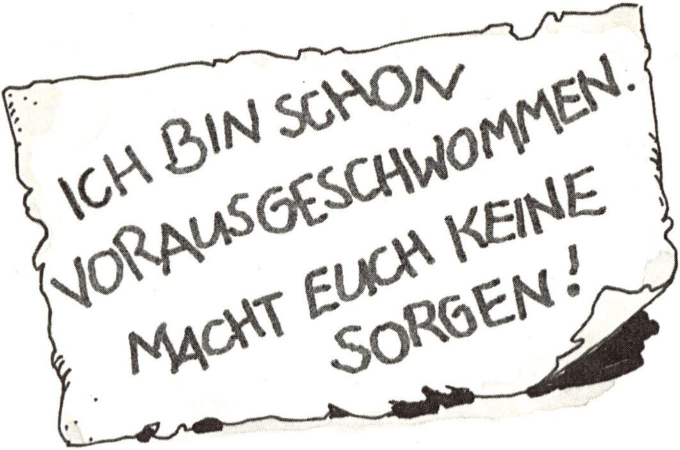

Eine Tauchtablette brauchte es ja nicht.
Sie machten sich aber doch Sorgen – am nächsten Morgen. Da strahlte die Sonne.
Aber Wutz weinte: „Mein liebes, dummes Urmel, öff, nun wirst du von den Seeungeheuern gefangen, öff, geschlachtet, öfföff, gefressen, öfföff! O Pro-

fessor, es ist alles so schrecklich!“ Voller Kummer senkte sie ihr Haupt und starrte die Stämme des Floßes an.
„Wir brechen sofort auf. Wir helfen ihm!“ rief der Professor. Da banden sie sich mit einem langen Seil zusammen. Sie schluckten jeder eine Tauchtablette. Sie sprangen ins Wasser. Nur Schusch blieb auf dem Floß und schaute ihnen nach. Vor seinen Augen verschwanden sie im Meer. Und nichts mehr ward von ihnen gesehen. Und Schusch wurde wehmütig ums Herz.
Vor dem Professor und seinen Begleitern aber öffnete sich eine Welt voller Zauber. Niemand

kann den Farbenreichtum und die Vielfalt der Fische beschreiben, an denen sie tauchend vorbeikamen. Die Fische waren gelb und rot und blau und grün – sie waren lang und kurz und rund und schlank. Und sie waren groß und winzig klein. Mit runden Augen glotzten sie den selt-

samen Zug des Professors mit seinen Tieren und Tim Tintenklecks im Schlepptau an.
Je tiefer unsere Freunde kamen, desto dunkler wurde es. Aber nun begannen – o Wunder! – einige Fische selbst zu leuchten. Und dann stiegen die Zacken und Spitzen von zahlreichen Korallenriffen vor ihnen auf.

Eigentlich waren diese Korallen rot. Aber Algen wuchsen darauf. Außerdem konnte man in dieser Dunkelheit sowieso keine Farben mehr erkennen.
Und nun erklärte Ping Pinguin, der ja schon einmal hier gewesen war: „Wir sind angekommen. Irgendwo ist der Eingang. Unter diesem Korallengebirge wohnen die Seeungeheuer. Die hoch aufragenden Korallenspitzen sind um die Masten ihrer Pfiffe gewachsen."
„Dann voran!" rief der Professor. Und Ping Pinguin führte sie. Hier unten gab es nun ein wenig Licht, es herrschte eine geheimnisvolle Dämmerung. Das kam von den vielen Leuchtquallen

und flimmernden Manteltier-
chen, von den schimmernden
Krebsen und den Fischen, die an
ihrer langen Schnauze eine Art
Lampe trugen.
So kamen sie zu einem Tor im
Korallenriff. Ein wenig zögerten
sie. Würden sie je wieder
herauskommen?
Doch Wutz quiekte: „Denkt an
das Urmel, öff! Ach, mein liebes
Kleines, öfföff!"

„Ich wette, es sitscht gantsch gemütlich irgendwo und spielt mit einem Seeungeheuer Murmeln!" zischte Wawa Ping Pinguin zu.
Und Ping Pinguin antwortete: „Pfon möglich. Diese eisernen Kugeln von den Pfiffskanonen der untergegangenen Pfiffe müssen pfönen Krach machen beim Rollen!"
Der Professor schwamm jetzt allen voraus. Da wurde ihr Mut auf eine harte Probe gestellt. Denn vor dem Tor entdeckten sie einen riesengroßen, graugrünen Stein. Aber als sie näher kamen, richtete sich dieser plötzlich auf. Er sah aus wie eine Schildkröte ohne Panzer, durch

die eine Schlange hindurchgekrochen ist. Der Schwanz und der Hals waren gleich lang. Und in der Mitte hatte er einen ovalen, dicken Körper mit vier Armen oder Beinen.
„Der Seeungeheuer-Türhüter!“ erklärte Ping Pinguin.

5 9789-8

Der Türhüter grinste und forderte sie mit einer Verbeugung auf hineinzuschwimmen. „Leb wohl, geliebtes Titiwu, öff! Ich seh' dich nie mehr wieder", seufzte Wutz. Sie schwebten hinein. Und wenn vorher alles schon so wunderbar gewesen

war, jetzt fühlten sie sich wie in einem Märchen. Sie kamen in eine golden leuchtende Stadt. Überall schimmerte es – in allen Farben! Auf Balken, Masten, Vorbauten, an Schiffsgeländern und in Schiffsfenstern saßen glimmende Tiere. Wie kleine Lampen. Es gab auch leuchtende Pflanzen. Und laternentragende Fische begleiteten ihren Zug. Er ging durch Straßen und Gassen. Links und rechts erhoben sich die Behausungen der Seeungeheuer. Es waren alles untergegangene Schiffe früherer Zeiten. Da standen sie nun, Kiel an Kiel. Fast wie in einem Hafen. Es waren Schiffe aller Arten und Formen.

Aber die Straßen waren wie ausgestorben. Die Seeungeheuer hockten in ihren Schiffshäusern. Sie drückten sich ihre weichen Nasen an den Fensterscheiben platt.
So kamen unsere Freunde endlich an ein besonders großes Schiff. Es war wohl einmal ein Kriegsschiff gewesen. Es hatte mehrere Stockwerke – also mehrere Decks. Es war mit Kanonen bestückt. Seine Masten ragten hoch auf. In der Mitte war eine viereckige Öffnung.
„Dies könnte ihr Rathaus sein oder das Schloß ihres Herrschers . . .“, murmelte der Professor. „Man scheint uns zu erwarten. Also hinein! Es bleibt

uns keine andere Wahl."
Schwer war es nicht, zur Tür hinaufzukommen. Sie schwebten einfach empor. Sie schwammen durch die Klappe. Kaum waren sie drinnen, erklang die Schiffsglocke. Der Ton verbreitete sich

gedämpft. Und als ob sie nur auf dieses Zeichen gewartet hätten, stießen nun die Seeungeheuer ringsum die Türen und Fenster auf. Sie quollen heraus, mit mächtigen Leibern, Hälsen und Köpfen.
Hinter unseren Freunden fiel die Klappe zu. Draußen drängte sich die Masse der Seeungeheuer.
„Ach, Professor“, sagte Wutz ängstlich, „mich verläßt aller Mut, öff!“
Dieses „Öff“ klang sehr kläglich.
„Und vom Urmel ist weit und breit nicht die kleinste Schwantschschpitsche zu sehen!“ meinte Wawa.
Sie brauchten nicht lange zu warten. Von hinten schwamm

eine Gruppe von Seeungeheuern heran, begleitet von Leuchtfischen. Es waren wohl die Seeungeheuer-Soldaten. Sie umringten den Professor, Tim und die Tiere und drängten sie in einen großen Nebenraum. Er war einmal die Kajüte eines Admirals gewesen. Die Einrichtung war noch vollständig erhalten: Tische und Stühle. Auf einem Tisch in der Mitte wuchsen leuchtende Pflanzen. Sie

sahen aus wie Kakteen mit vielen Armen. Auch an den Wänden glühten solche und ähnliche Leuchter. An dem Tisch in der Mitte saß eine mächtige Gestalt: der Oberst der Seeungeheuer. Er winkte ihnen mit einer schwabbeligen Hand. Sie sollten näher kommen.

Der Professor verbeugte sich. Er stammelte: „Gut Naß, Verehrtester! Oder wie begrüßen Sie sich hier? Ich hörte, daß Sie unsere Sprache sprechen. Ich hoffe, daß Sie mich verstehen. Wir wünschen uns, daß wir Freunde werden!"
Der Riese am Tisch öffnete sein breites Maul. Er sagte, quietschend, schwabbelnd, pfeifend und gurgelnd: „So, so – pitsch, pfüff! Daß wir sprechen – pfiff – können, habt ihr auch schon – püh – gehört! Sehr – pitsch, sehr, sehr schlecht, püüüh!"
„Wunderbar! Sie reden wirklich!" rief der Professor begeistert. „Daß Sie diese ulkigen Nebengeräusche ausstoßen,

6 9789-8

liegt sicher an ihrem schönen, breiten Mund, den Sie nicht richtig schließen können!"
„So ist es, pitsch, püh!"
„Ja", plauderte der Professor fröhlich weiter, „und deshalb quillt oder läuft oder spritzt – also sagen wir: quatscht – Ihnen das Wasser beim Reden rechts und links aus dem Maul!"
Das riesengroße Geschöpf sah den Professor sekundenlang mit großen Augen an.
„Schau mal, wie das Seeungeheuer glotscht!" flüsterte Wawa Ping Pinguin zu.
„Wir sind – püh – keine Seeungeheuer – pfiff", sagte dieses – oder dieser – böse, „wir sind Homo-Saurier, pitsch. Men-

schenähnliche Saurier. Und ihr müßt – pfiff – sterben!"
„O du geschabte Rübe", flüsterte Wutz. „Ich spüre sowieso schon, wie die Wirkung der Tauchtablette nachläßt! Hast du noch welche, Professor, öff? Sonst ist es um uns geschehen."
„Nein", antwortete der Professor verwirrt und verlegen. „Ich habe die Tauchtabletten in der Hast unseres Aufbruchs auf dem Floß vergessen!"

„Ach“, seufzte Wutz, „mein liebes, liebes Urmel, öff, wir sehen dich nie mehr wieder!“
Ping Pinguin und Wawa blickten sich nur stumm und erschrocken an. Auch Tim Tintenklecks schaute sich ängstlich um.
Der Oberst der Homo-Saurier hatte interessiert zugehört. Nun

sagte er: „Ach, ihr müßt von ganz alleine sterben, wenn ihr nur lange genug unter Wasser seid, püh? Aber das ist ja – pfiff – vortrefflich, pitsch! Denn wir Homopühsaurier töten – pitsch – nicht gern. Sterben aber müßt ihr alle, pitsch!"

„Und warum, du großmächtiger Pitscher?" rief der Professor zitternd. Auch er bekam es mit der Angst. „Hier waltet doch sicher nur ein schreckliches Mißverständnis! Laß uns sofort wieder an die Luft, dann werde ich alles aufklären."

„O nein!" rief der Homo-Saurier. „Ihr werdet nicht an die Luft gelassen, sondern in diesem Schiff unter Wasser eingesperrt,

pitsch, bis ihr – pfüh – ertrunken seid, pfiff. Sterben müßt ihr – pitsch, weil ihr unser Geheimnis kennt und wißt – pfüh –, wo wir leben. Denn alle seltenen Lebewesen werden von den Menschen – pfüh – ausgerottet, pitsch. Die Krabbe hat euch unser Versteck verraten – pitsch, daher werden wir auch sie umbringen. Leider, leider, pfüh, denn wir haben eigentlich ein weiches – pfiff – Herz und können keinem Fliegenfisch – pfiff – etwas antun, püh!"
„Hat er Fliegenpfiff gesagt oder Fliegenfipf?" fragte Ping Pinguin. Da er ein See- und Wassertier war, spürte er noch kaum Beschwerden.

Wutz aber wurde die Luft knapp. Sie war nun einmal sehr empfindlich. Und mit der Kraft der Verzweiflung raffte sie sich auf und quiekte laut und durchdringend: „Urmel – öff – o Urmel, öfföff, Hilfe! Hiiilfeee, Hiiilfeee . . . öff . . . öff . . . öff . . .“ Das letzte „Öff“ klang schon sehr arm.
„O je, Wutsch stirbt!“ jammerte Wawa leise. „Ich bin auch bald soweit.“

„Ja, und Tim Tintenklecks und der Professor“, klagte Ping Pinguin. „Auch ich werde nicht mehr lange leben!“
Tim Tintenklecks gab sich einen Ruck. Er zog das Messer, das er eingesteckt hatte, aus der Tasche. Er ließ es aufklappen. Gefährlich blitzte die Schneide im Licht der leuchtenden Fische. Er fragte den Professor: „Soll ich mich auf die Homo-Saurier stürzen und uns den Weg freikämpfen?“
„Urmel, öff, Urmel, öfföff!“ rief Wutz noch einmal, nach Luft ringend.
Da gab es eine Bewegung im Hintergrund der Kajüte. Viele Homo-Saurier standen dort neu-

gierig herum. Jetzt wurden sie auseinandergeschoben. Und durch diese Gasse schwamm das Urmel – sehr energisch! Unter seinem rechten Arm trug es ein kleines Homo-Saurier-Kind. Dieses Kind war nicht ängstlich, es lachte vergnügt.

7 9789-8

Das Urmel erkannte sofort, daß seine Freunde in Gefahr waren. Es schwamm – oder sprang – mit einem Satz auf den Tisch, hinter dem der Oberst der Homo-Saurier saß. „Was?“ rief es. „Du bist mir ja ein schöner Onkel! Erst freuen wir uns, daß wir verwandt miteinander sind! Ja“, rief es zum Professor gewandt, „die Homo-Saurier stammen irgendwie von uns Urmeln ab!“ Dann fuhr es den Herrn der Homo-Saurier wieder an: „Also, hör mal, Onkel Pitsch, wenn du meine allerbesten Herzensfreunde nicht gleich wieder an die Luft läßt, dann . . . dann . . . ja, dann . . . ich weiß noch nicht, was ich dann mache,

aber es wird furchtbar sein!" Es sah sich drohend um.
Und das Homo-Saurier-Kind unter des Urmels Arm quatschte, oder quietschte, auf schlabbrige Weise: „O ja, pitsch pfüh! Papa! Das Urmel – püh – ist mein lieber Freund und Vetter, pfiff, und seine Freunde – pitsch – sind auch meine Freunde, pitsch, püh, pfiff! Alle!"
„Ja, aber ich muß sie doch

umbringen, püh!" jammerte der Herr der Homo-Saurier unglücklich.
„Gar nichts mußt du!" rief das Urmel. „Keiner von ihnen wird euch und eure wunderbare Stadt unter Wasser jemals verraten. Der Professor zuallerletzt! Schließlich bin ich ja der lebende Beweis! Ich bin noch viel seltener als ihr. Mich gibt es nur einmal, aber ihr seid viele, oh, so viele, und mich hat noch nie jemand verraten, im Gegenteil, ganz geheim werde ich gehalten und sogar vor Königen versteckt . . ."
„Professor, öfföff, es ist aus", würgte Wutz seufzend und sank zur Seite.

„Ich schwöre, nie etwas zu verraten!“ rief der Professor. „Aber jetzt hilf uns schnell hier heraus, ganz schnell, ohne jedes weitere Gerede, mir wird auch langsam schwindlig!“
„Nun denn – pfiff, püh, pitsch! Ich kann nichts – pitsch – gegen mein gutes Herz tun! Homo-Saurier! Wachen! Professor

Habakuk Tibatong und seine – pfüh – Tiere sind von jetzt an – pfiff – unsere Freunde! Bringt sie hinauf – pitsch, püh – an die – pfiff – frische Luft, püh! Aber so schnell – pitsch – wie möglich!"

„Ach, ach, öfföff", seufzte Wutz ganz matt, „zu spät, zu spät!"

„O je, Wutsch stirbt! Wer wird jetscht wohl aufräumen?" zischelte Wawa nicht weniger todesmatt.

Die Wache der Homo-Saurier wartete nun kein langes Gespräch der vom Ertrinken Bedrohten ab. Jeweils zwei der großen, schwabbeligen Tiere mit grünlicher Haut – die Wachsoldaten eben – packten fest zu.

Sie faßten den Professor und Tim Tintenklecks unter den Achseln und an den Füßen. Sie packten Wutz, sie ergriffen Ping Pinguin und Wawa. Ping Pinguin wehrte sich und meinte, er könne doch alleine schwimmen. Aber es war vergeblich. Der kleine schwarzweiße Pinguin war fast nur ein Pingpongball zwischen den grünen Geschöpfen. Blitzschnell glitten diese mit ihren Patienten durch die Pforte, durch die Gasse der untergegangenen Schiffe, durch das Tor zu ihrer Stadt und hinauf durch das Dunkel der Tiefsee bis zum Licht der Meeresoberfläche. Der Herr der Homo-Saurier und viele, viele Angehörige seines selt-

samen Volkes folgten ihnen. Kaum waren die Freunde an der frischen Luft, erholten sich alle sehr schnell. Auf dem Rand des Floßes lehnte mit seinem Oberkörper Seele-Fant neben Schusch.

„Ach, gut, daß ähr kommt!" plapperte Schusch, der statt „I" immer „Ä" sagte. „Äch habe Seele-Fant zu Hälfe geholt, weil ähr gar nächt wäderkamt. Gerade wollte er zu euch hänabtauchen und aus den Seeungeheuern Hackfleisch machen!"

„Es sind keine Seeungeheuer, und es sind meine Freunde!" rief das Urmel fröhlich. „Und ich habe alle gerettet, den Professor und Tim und Ping und Wawa. Na ja. Und auch Wutz! Jawohl! Ich bin ein Lebensretter!"
„Ja, das bist du, öff!" seufzte Wutz, noch immer etwas ermattet. Doch die rosige Farbe kehrte langsam wieder in ihre Haut zurück.
Der Professor und der Oberst der Homo-Saurier schüttelten sich zum Zeichen ewiger Freundschaft die Hände. Die Homo-Saurier versprachen, jetzt auch die Krabbe nicht mehr zu verfolgen.
Und Seele-Fant schaute dieser

8 9789-8

wunderbaren Szene ein wenig wehmütig zu. Er blinzelte und sagte brummend: „Örst holt man möch zu Hölfö, und dann öst ös gar nöcht nötög – traurög, traurög!“ Aber gleich begann er zu singen:

„Öch weuß nöcht,
was soll ös bödeutön,
daß öch so traurög bön ...“

Und zu seiner unbeschreiblichen Verwunderung und Freude fielen die Homo-Saurier mehrstimmig in seinen Gesang ein:

„Ich weiß nicht –
pfüh – was soll es –
pitsch – bedeuten,
pfiff, daß ich so –
pfüh – traurig – pitsch –
bin, püh, püh ...“

Es klang schauerlich schön. Das Urmel klatschte in die Händchen und rief: „Fein, jetzt hat Seele-Fant einen richtigen Pitsch-pfühpfiffpüh-Chor!“ Und dann drehte es den Kopf hinab zu dem Homo-Saurier-Kind, das es immer noch unter dem Arm hielt, und sagte zu ihm: „Weißt du was, die brauchen mich jetzt alle hier nicht. Wir schwimmen wieder hinunter und spielen weiter Murmeln mit den Schiffskanonenkugeln. Das wird toll!“

CIP-Kurztitelaufnahme der Deutschen Bibliothek

Kruse, Max:
Urmel / Max Kruse. – [Großdr.-Ausg. für jüngste Leser]. – München : F. Schneider
Bd. 3. Urmel in der See : nach „Urmel taucht ins Meer“ neu erzählt für jüngste Leser. – 1987.
ISBN 3-505-09789-6

Schneider-Buch

© 1987 by Franz Schneider Verlag GmbH
8000 München 40 · Frankfurter Ring 150
Alle Rechte vorbehalten
Titelbild/Illustration: Erich Hölle, Otterfing
Herausgegeben von Monika Raeithel-Thaler
Herstellung: Brigitte Matschl
Satz: A. Huber GmbH & Co. KG, München
Druck: Staudigl-Druck, Donauwörth
ISBN 3 505 09789-6
Bestell-Nr.: 9789

Die beliebte „Urmel"-Serie von Max Kruse

HABE ICH		WÜNSCHE ICH MIR
	GROSSDRUCK	
	Urmel kommt zur Welt (Band 1)	
	Urmel auf dem Mond (Band 2)	
	Urmel in der See (Band 3)	
	Urmels toller Streich (Band 4)	
	Urmels neuer Freund (Band 5)	
	Urmels Feuerteufel (Band 6)	
	SCHREIBSCHRIFT	
	Urmel kommt zur Welt (Band 1)	
	Urmel auf dem Mond (Band 2)	

Gib diesen Wunschzettel deinen Eltern oder Großeltern oder allen, die dir gerne eine Freude machen wollen.

Das Urmel auf Cassetten:

Ihr hört richtig, wie seine Freunde vor Schreck den Atem anhalten, wenn das Urmel wieder mal in Gefahr ist.

Urmel aus dem Eis
Best.-Nr.: 5033

Urmel fliegt ins All
Best.-Nr.: 5034

Urmel taucht ins Meer
Best.-Nr.: 5054

Und eine weitere Geschichte:

Urmel spielt im Schloß
Best.-Nr.: 5055

Kinder hören SchneiderBücher

Schneider TON

Franz Schneider Verlag